ARSÈNE LUPIN

Die Abenteuer Der Schlauste Gentleman-Einbrechers aller Zeiten, Inspiriert Von Der Neuen TV-Serie

ROB BARBOT

ISBN: 9781638430087

EINFÜHRUNG

Das charakteristische Prinzip von Lupin ist, dass alle Verbrechen, die er begangen hat, von einem Sinn für Humor umgeben sind, der darauf hindeutet, dass er zum Spaß als Zeitvertreib stiehlt. Sogar die Beziehungen zu seinen Feinden, seinen Antagonisten (in vielen Fällen den Ordnungskräften) werden durch das ständige Necken des Protagonisten gedämpft. Besonders lustig ist die Beziehung zwischen Lupin und Inspektor Ganimata,

Polizeichef, und seinem Erzfeind. Trotz der unbestrittenen Ermittlungsfähigkeiten des Inspektors und der Polizei gelingt es Lupin immer, mit seiner natürlichen Neigung zum Diebstahl und seinen Kampfkunstfähigkeiten davonzukommen, dank derer er mehr als einmal in Sicherheit entkommen konnte.

Obwohl Lupin in seinem Humor eine leichtfertige Person zu sein scheint und manchmal gewalttätig, wird er der Gentleman-Dieb genannt. Und nicht zufällig. Lupin greift niemals zu ungerechtfertigter Gewalt, sondern greift lieber zu List und Intelligenz. Er ist auch ein Mann mit raffiniertem Geschmack, da die Gegenstände seiner Diebstähle immer Kunstwerke eines bestimmten Geschmacks sind, die er sich wirklich zum persönlichen Vergnügen wünscht. Darüber hinaus mangelt es der faszinierenden Figur des Diebes nicht an Anziehungskraft für den fairen Sex, der dank seiner außergewöhnlichen Verführungsfähigkeiten oft erwidert wird.

In der Tat wird Arsène Lupin vom Autor als gutaussehender Mann mit eleganter Kleidung dargestellt, so dass es keine Überraschung ist, dass er bei Frauen beliebt ist. Er trägt traditionell einen schwarzen Anzug, dessen Umhang nach seinem Diebstahl schwer zu flattern ist. In den Umschlägen von Leblancs Büchern ist er auch mit einem Monokel, einem Stock und einem Zylinder dargestellt: dem Porträt des perfekten aristokratischen Gentleman jener Zeit. Und so wird man sich

immer daran erinnern.
Oder vielleicht nicht..

KAPITEL 1: DER ECHTE DIEB

Die Netflix-Serie Lupin wurde von George Kay in Zusammenarbeit mit François Uzan erstellt.

Die Hauptfigur heißt Assane Diop und es ist ein fantastischer Omar Sy, ihn zu spielen.

Der Protagonist ist ein Meister in der Kunst der Täuschung und Verkleidung, genau wie der Gentleman-Dieb Lupin, dessen Buch ihm von seinem Vater gegeben wurde und der für ihn zum Führer und Mantra wird.

Die erste Folge zeigt uns Diops klugen Plan, Marie Antoinettes berühmte Halskette zu übernehmen. mit dem Juwel will Assane den Tod seines Vaters rächen, der, wie später bekannt wird, zu Unrecht für ein nie begangenes Verbrechen verurteilt wurde und sich dafür in seiner Zelle umgebracht hat. Der Tod seines Vaters wird Assanes ganzes Leben unwiederbringlich markieren und sein Durst nach Wahrheit und Gerechtigkeit wird ihn zur Erfüllung seiner Rache führen, da er mit List und Freundlichkeit die Fäden seines

komplexen Plans zieht.
Es versteht sich von selbst, dass die Zuschauer zwischen Drehungen und Wendungen und wiederholten Enthüllungen buchstäblich auf den Bildschirm geklebt wurden und mit jeder Episode mehr über Assanes Vergangenheit und seinen Plan herausfinden wollten, die Wahrheit zu entdecken und Gerechtigkeit zu üben.

Aber basiert diese TV-Serie, Lupin, auf einer wahren Begebenheit?

Diese Frage ist leicht zu beantworten.

Nein, absolut nein. Die Serie ist inspiriert von der fiktiven Figur von Arsène Lupin, einem Gentleman-Dieb und Meister der Verkleidung, der von Maurice Leblanc geschaffen wurde. Der Charakter hieß ursprünglich Lopin, aber sein Name wurde aufgrund von Vorbehalten eines lokalen Politikers leicht geändert. Der Protagonist Assane Diop ist inspiriert von den Geschichten aus den Büchern, die in mehreren Szenen der Show weit verbreitet sind.

Ein Auszug aus dem Buch:

„Die Gesellschaft hat mir nur drei Existenzmittel gewährt: Arbeit, Betteln und Diebstahl. Ich mag Arbeit, anstatt mich abzuwehren. Der Mensch kann nicht anders als zu arbeiten: Seine Muskeln, sein Gehirn haben eine Reihe von Energien, über die er verfügen muss. Was mich abstieß, war, Blut und Wasser für einen Lohn zu schwitzen, das heißt, um Wohlstand zu schaffen, aus dem ich ausgebeutet werden würde. Mit einem Wort, es hat mich abgestoßen, mich der Prostitution der Arbeit

hinzugeben. Betteln ist Erniedrigung, die Verweigerung aller Würde. Jeder Mann hat das Recht, das Leben zu genießen. Das Recht zu leben wird nicht gebeten, es wird genommen. "

Lupin wurde erstmals 1905 als Figur in Kurzgeschichten veröffentlicht, die in der französischen Zeitschrift Je sais tout veröffentlicht wurden.
Lupin - oder besser gesagt seine charismatische Präsenz - war der Protagonist von Videospielen, Filmen und Cartoons und ist eine ständige Inspiration für alle, die brillante Charaktere

lieben, deren Genie es schafft, ihre eigenen Betrugsziele zu fesseln, zu verwirren, zu faszinieren und zu faszinieren. Unter den echten Menschen, die den Autor möglicherweise dazu inspiriert haben, seinen Gentleman-Dieb zu erschaffen, sind wahrscheinlich der Anarchist Marius Jacob (der einem öffentlichen Prozess unterzogen wurde) oder andere Gentleman-Diebe wie Octave Mirbeaus Arthur Lebeau zu nennen.

Alexandre Marius Jacob war wirklich ein Raubkünstler und wir können ihn wahrscheinlich als den echten Lupin betrachten. Er erfand auch spezifische Techniken, um erfolgreich zu schlagen. Er verkleidet sich zum Beispiel als Priester und benutzt eine Kröte als Pfahl.

Warum fragst du dich?
Weil diese Haustiere aufhören zu krächzen, wenn sich jemand nähert, und daher perfekte Helfer für einen Meister des Diebstahls sind. Er gehörte einer Bande an, deren Anführer er "Die Arbeiter der Nacht" genannt wurde und die es mehrmals wagte, aus dem

Gefängnis zu fliehen. Eine weitere Aufzeichnung dieses faszinierenden Charakters gab es wirklich? Einhundertfünfzig Diebstähle in nur drei Jahren, zwischen 1900 und 1903, immer zum Nachteil von Richtern, Finanziers und Prälaten.

Um die Unvorhersehbarkeit dieses Charakters zu verstehen, ist die Beschreibung seines Erzfeindes Ganimata nützlich.

Sein Porträt? Wie könnte ich das machen? Zwanzig Mal habe ich Ar-

sène Lupin gesehen, und zwanzig Mal ist eine andere Person vor mir aufgetaucht, oder vielmehr dieselbe Person, deren zwanzig Spiegel mir so viele deformierte Bilder geschickt hätten, jedes mit seinen besonderen Augen, seiner besonderen Gesichtsform. seine eigene Geste, seine Figur und sein Charakter.

Der rätselhafte Charakter von Lupin ist daher ein Antiheld, der sich Gegnern gegenübersieht, die keinen moralischen Kompass haben. Seine List und sein Charme sind ansteckend und es ist der Grund, warum er es schafft, seine Arbeit unbemerkt abzuschließen. Offensichtlich gibt es "Fantasy" -Komponenten, die es außergewöhnlich machen, weil einige der Tricks, die wir von ihm sehen, physisch unmöglich zu replizieren sind, aber dies ist auch Teil seines außergewöhnlichen und unveränderten Charmes, nicht wahr? Und obwohl die Geschichte von Arsène Lupin (oder Arsaine Lupin, niemand kennt den richtigen Namen, aber ich werde ihn ab dem nächsten Mal Arsène Lupin nennen) die Frucht der

Phantasie eines brillanten Autors ist, ist die Umsetzung seiner Abenteuer auf dem kleinen Bildschirm Immer ein erhabenes Vergnügen für Zuschauer jeden Alters. Episoden der Netflix-Serie können auf der digitalen Streaming-Plattform angezeigt werden.

Alexandre Marius Jacob ist ein Name, der den meisten Menschen nichts sagt, aber bald zur Legende wurde. Der 1879 in Marseille geborene Dieb inspirierte die fiktive Figur Lupin. Nach seiner anarchistischen

Überzeugung stahl er sich von den reichen Bourgeois, um seine subversive Aktion zu finanzieren. Jacob für die Popkultur ist dank Filmaufführungen, der Welt des Fernsehens und der Comics zum Gentleman-Dieb geworden.

Mit elf Jahren bestieg er ein Piratenschiff, kehrte aber nach fünf Jahren nach Hause zurück und wurde im Glaubensbekenntnis der Anarchie ausgebildet. Er war ein Meister der Verkleidung, tatsächlich oft als Priester verkleidet. Er war auch ein er-

fahrener Safe-Picker.
Trotz der ständigen Umgehung wurde er 1903 gefangen genommen und zu lebenslanger Haft verurteilt.
1928 erhielt er eine Begnadigung, beschloss jedoch, sich mit einer Morphium-Initiation umzubringen.
Im Prozess verteidigte er sich wie folgt:

„Ein Teil der Welt lebt in Kälte, Hunger und Schmerz. Ich wollte sie rächen “

KAPITEL 2: LIEBE MAURICE

Der Gentleman-Dieb bei seinem ersten Abenteuer: Eine Herausforderung, die selbst für ein Genie der Verkleidung wie Arsène Lupin vielleicht zu gewagt ist.

Niemand hat jemals sein wahres Gesicht gesehen, obwohl viele sagen können, dass sie ihn ohne ihr Wissen getroffen haben. Arsène Lupin, Meister der Verkleidung, Experte für Edelsteine,

Gentleman, ist hier mit seinem allerersten Abenteuer beschäftigt, einer fast unmöglichen Herausforderung: einen Diebstahl in einer engen Umgebung ohne Fluchtwege wie ein Passagierschiff durchzuführen.

Arsène Lupin wurde 1905 von Maurice Leblanc gegründet und ist der Archetyp des Gentleman-Diebes, während Sherlock Holmes der Ermittler ist. Seine Popularität reicht über mehrere Generationen, über Filme und verschiedene Fernsehserien -

unvergesslich die der siebziger Jahre mit Georges Descrières - bis zur japanischen Neuinterpretation von Lupin III. Ein Mythos, der aus faszinierenden Geschichten, qualitativ hochwertigem Schreiben und einem Charakter besteht, der die Seite durchbricht.

Maurice Marie Émile Leblanc ist hauptsächlich als Schöpfer des Gentleman-Diebes Arsène Lupin bekannt, einer auch in unserem Land sehr beliebten Figur. Er wurde am 11. November 1864 in Rouen geboren und studiert in verschiedenen

Ländern. Am Ende gibt er sein Jurastudium auf, um Schriftsteller zu werden. Er ließ sich in Paris nieder und begann Detektivgeschichten zu schreiben, aber selbst wenn er von den Kritikern eine gewisse Wertschätzung erhielt, wurde er von der Öffentlichkeit nicht wahrgenommen. Bis 1905 veröffentlicht er die erste Geschichte mit Arsène Lupin.

Dies sind die Jahre des großen Erfolgs von Sherlock Holmes, und der faszinierende Gentleman-Dieb, irgendwie eine französische Antwort an den britischen Detektiv, führt Leblanc sofort zum Erfolg. Leblanc schreibt Kurzgeschichten und Kurzgeschichten, die sich auf Lupin konzentrieren. Dieses Mal erhält er zusammen mit den guten Kritiken Erfolg und wirtschaftliche Befriedigung und widmet seine gesamte Karriere ausschließlich seinem Charakter. 1921 wurde er für seine Arbeit mit der Ehrenlegion ausgeze-ichnet. Er starb 1941 in Perpig-nan. Seit 1947 ist er auf dem Friedhof Montparnasse in Paris beigesetzt.

Die ursprüngliche Geschichte ist in 9 Kapitel unterteilt:

1.Die Verhaftung von Arsène Lupin

2. Arsène Lupin im Gefängnis

3. Die Flucht von Arsène Lupin

4. Der mysteriöse Reisende

5. Die Halskette der Königin

6. Die Sieben der Herzen

7. Madame Imberts Safe

8. Die schwarze Perle

9. Sherlock Holmes kommt zu spät

Die Abenteuer von Arsène Lupin beginnen ... mit ihrer

Verhaftung! Dies ist in der Tat das Thema der ersten Geschichte, die Maurice Leblanc 1905 auf Wunsch eines Zeitungsdirektors über diese zur Weltberühmtheit gerufene Figur erfand. Aber was macht es schon aus: Von seiner Gesundheitseinheit aus ist der brillante und ironische Einbrecher perfekt in der Lage, die "Entfernung" der Kunstwerke eines alten Sammlers zu organisieren, der in einem unantastbaren Schloss zurückgezogen ist ... Aus diesen ersten Heldentaten, Arsène Lupin erscheint wie dargestellt durch die unendliche Begeisterung und Vorstellungskraft seines Schöpfers: frech wie ein Kind aus Paris, raffiniert wie ein Prinz, frech, leicht und schwer fassbar.

KAPITEL 3: GESCHICHTEN

Die erste Geschichte einer langen Reise beginnt umgekehrt, vielleicht war sie deshalb so erfolgreich.

Normalerweise werden zuerst viele Szenen gemacht und am Ende wird der Protagonist gefangen genommen.

In Lupin Leblanc verzerrt er alles und das Gegenteil passiert.

Die Verhaftung von Lupin

Während einer Reise nach Amerika erfährt man, dass der berühmte Dieb Arsène Lupin an Bord des Schiffes angekommen ist. Die Gäste des Schiffes, angeführt von Bernard d'Andrèzy, versuchen, den Dieb mit nur einer teilweisen Beschreibung seines Aussehens und dem ersten Buchstaben des von ihm verwendeten Pseudonyms aufzuspüren. Die Juwelen einer Frau werden gestohlen und d'Andrèzy wirbt um Miss Nelly.

Der fachkundige Inspektor von Lupin Ganimard ist ein Ziel der wartenden Schiffe und verhaftet erfolgreich Lupin, der d'Andrèzy ist.
Die Juwelen, die in d'Andrèzys Kamera versteckt sind, werden von der wütenden Miss Nelly wissentlich ins Wasser geworfen.

LUPINE IM GEFÄNGNIS

Lupin ist im Gefängnis eingesperrt und wird überwacht. Wer hat also einen Brief an Baron Cahorn geschickt, in dem der

Diebstahl seiner kostbaren Kunstwerke angekündigt wird?

Das Schloss Malaquis ist wie ein Safe geschützt, und das aus gutem Grund: Es beherbergt die unschätzbare Kunstsammlung von Baron Cahorn. Aber der Baron fühlt sich dadurch nicht wohler, als er eines unglücklichen Morgens einen Brief des berühmten Gentleman-Diebes Arsène Lupin erhält, in dem er den Diebstahl seiner wertvollsten Werke ankündigt.

Der arme Baron kann auch nicht versichern, dass Lupin tatsächlich im Gefängnis eingesperrt und streng bewacht ist. Aber wenn ja, wie könnte er diesen Brief schreiben? Ist es wirklich er?

Nur ein Mann kann dem Baron helfen: Inspektor Ganimard, der einzige Mann, der es geschafft hat, Lupin zu besiegen und ihn zu verhaften.

DIE ENTWICKLUNG VON ARSÈNE LUPINE

Dass Lupin entkommen würde,

erwarteten alle. Aber niemand erwartete, dass ein paar Stunden an der Gefängnistür klingeln würden, um in seine Zelle zurückgebracht zu werden. Das Leben im Gefängnis ist für Arsène Lupin eher ein Urlaub als eine Strafe. Eine kleine wohlverdiente Pause, bevor Sie zu Ihrer gewohnten Lebensweise voller Nervenkitzel und Champagner zurückkehren. Es fehlt nichts, von gutem Essen bis zu kostbaren Zigarren. Wenn er befragt wird, ärgert er die Richter: Anstatt zurückhaltend zu sein, gesteht er mehr

Verbrechen als die umstrittenen. Alles nutzlos, wiederholt er immer wieder: Ich werde sowieso nicht an meinem Prozess teilnehmen.

Dass Arsène Lupin früher oder später aus dem Gefängnis fliehen wird, wenn alle es erwarten. Aber Lupin ist bekanntlich nie wirklich vorhersehbar.

DER GEHEIMNISVOLLE REISENDE

Ist es wirklich Arsène Lupin, die Fremde, die in den Zug gestiegen ist und zwei Reisende

ausgeraubt hat?
Zwei Reisende sitzen in einem Abteil des Zuges Paris-Rouen. Eine elegante Frau, die zu ihrem Ehemann, dem Direktor eines Gefängnisses, reist. Und ein angesehener Gentleman. Es gibt ein bisschen Spannung: Es hat sich das Gerücht verbreitet, dass der berühmte Dieb Arsène Lupin, der kürzlich aus dem Gefängnis geflohen ist, in der Nähe des Bahnhofs herumwandern sah und versuchen konnte, in den Zug einzusteigen. Plötzlich steigt ein unheimlich aussehender Mann in den Zug

und setzt sich in dasselbe Abteil. Wird er der berühmte Verbrecher sein?

In dieser Geschichte befindet sich Arsène Lupin in einem Zug im selben Abteil wie eine Dame, die denkt, dass Lupin in den Zug gestiegen ist, ihn aber nicht erkennt und Angst hat.
Lupin (unter einem falschen Namen) versucht sie zu beruhigen. Ein anderer Dieb beraubt beide, aber Lupin schafft es auf gewagte Weise, ihn zu verhaften.

DIE HALSKETTE DER KÖNIGIN

Ein Juwel voller Geschichte, ein mysteriöser Diebstahl, der erst Jahrzehnte später ans Licht kommt. Aber welche Rolle spielt Arsène Lupin in dieser Geschichte?

Dies ist die Geschichte der legendären Halskette, die die Kronjuweliere Böhmer und Bassenge für die Gräfin du Barry bestimmt hatten, die der Kardinal von Rohan-Soubise Marie Antoinette als Geschenk anbieten wollte und die die Abenteurerin Jeanne de Valois, Gräfin von La Motte stahl und zerriss eines Abends im Februar 1785 mit Hilfe ihres Mannes und ihres Komplizen Rétaux de Villette.

Die Kette wurde schließlich an die Grafen von Dreux-Soubise verkauft und blieb über ein Jahrhundert in ihrem Besitz. Bis es gestohlen wurde. Ein mysteriöser Diebstahl: eine von innen geschlossene Tür, ein vergittertes Fenster. Anscheinend unmöglich einzutreten: doch jemand hatte es geschafft. Nur viele Jahre später wird ein brillanter Gentleman, der zu einem Empfang eingeladen wurde, Licht in das Rätsel bringen können. Aber welche Rolle spielt dabei Arsène Lupin? Vielleicht ist es wichtiger als es scheint, und vielleicht wird etwas über seine Herkunft entdeckt. Kann sein.

In der Fernsehserie wird die Szene anders gesehen, aber keine Sorge, wir werden es schaffen.

KAPITEL 4: HERLOCK SHOLMES KOMMT

DIE SIEBEN DER HERZEN

Ein Raub ohne Diebstahl, eine Erpressung, eine internationale Intrige: anscheinend nicht verwandte Ereignisse, die gemeinsam haben ... eine Sieben von Herzen. Und ein hoch entwickelter Geist, der einen teuflischen Plan entwickelt hat.

Nach einem Abend, an dem er über Verbrechen und

Geheimnisse gesprochen hat, erlebt ein Gentleman zu Hause eine dramatische Erfahrung: Eine Notiz warnt ihn, dass einige Leute in dieser Nacht sein Haus betreten hätten und dass er nichts tun würde, wenn er in seinem Bett ruhig geblieben wäre passiert ihm. Erschrocken gehorcht der Mann, während bis zum Morgengrauen Geräusche aller Art aus dem Nebenzimmer kommen. Am nächsten Morgen ist das Zimmer perfekt aufgeräumt und es fehlt nichts. Es bleibt nur eine Spur von dem, was passiert ist:

eine Spielkarte, eine Sieben von Herzen mit sieben Löchern in Übereinstimmung mit den Herzen.

MADAME IMBERT'S SAFE

Arsène Lupin erinnert sich an sein erstes kriminelles Abenteuer, das nicht ganz so verlief, wie er es erwartet hatte.
Wie groß ist das Vermögen der Imberts? Es gibt diejenigen, die von Hunderten von Millionen sprechen, andere von viel weniger. Aber Lupin ist überzeugt, dass dieses Vermö-

gen existiert, und ist entschlossen, es in Besitz zu nehmen. Mit einem klugen Plan betritt er das Vertrauen von Herrn Imbert, bis er als Sekretär eingestellt wird, und stellt sich mit einem vor Ort erfundenen Namen vor: Arsène Lupin.

Es ist das erste Abenteuer des Gentleman-Diebes, aber etwas stimmt nicht und die Dinge laufen nicht genau so reibungslos wie Öl.

DIE SCHWARZE PERLE

Diesmal ist Arsène Lupin auf der anderen Seite des Zauns: Er muss ein abscheuliches Verbrechen aufklären

Als sich Arsène Lupin in das Haus der Gräfin von Andillot schleicht, sieht er sich einer schrecklichen Szene gegenüber: Die Frau wurde brutal ermordet. Und was noch schlimmer ist, jemand hat den Zweck seines Besuchs vor ihm gestohlen. Wer war der wilde Mörder? Diesmal befindet sich

Lupin in den Kleidern, die normalerweise von seinen Feinden angezogen werden: denen des Ermittlers.

SHERLOCK HOLMES KOMMT ZU SPÄT AN

Wird der größte britische Ermittler in der Lage sein, Arsène Lupin zu beschuldigen?
Das Spiel hat begonnen!

Der Ruhm des Genies von Herlock Sholmes (der vom Autor verwendete allegorische Name) war vielleicht der zweite nach dem von Arsène Lupin. Der außergewöhnlichste Entschlüsseler von Rätseln, den die Welt je gesehen hatte, der erstaunliche Charakter, der in jeder Hinsicht von der Phantasie eines Schriftstellers geschmiedet worden zu sein schien, war in die Burg von Thibermesnil gerufen worden, wo, wie befürchtet wurde, der berüchtigte Gentleman-Dieb eine plante Diebstahl. Für Arsène Lupin eine Herausforderung, die man nicht annehmen kann, aber es wäre nicht die einzige Überraschung, die ihn erwartete.

Dies sind die ersten Geschichten, die in der Zeitschrift veröffentlicht wurden. Wie Sie sehen und sich vorstellen konnten und viel Neugier weckten, sind sie sehr faszinierend und hatten offensichtlich enormen Erfolg.

Erweckt durch den großen Erfolg, schrieb Leblanc weiter und erst im folgenden Jahr kam ein neues faszinierendes Abenteuer unseres geliebten Gentleman-Diebes heraus.

ARSÈNE LUPINE gegen HERLOCK SHOLMES

Nein, ich habe den Titel nicht falsch geschrieben.

Lassen Sie uns zunächst versuchen zu verstehen, wer dieser schwer fassbare Herlock Sholmes sein könnte. Es dauert nicht lange zu verstehen, dass Leblanc mit einem geschickten Briefwechsel die Gestalt des scharfsinnigen englischen Ermittlers Sherlock Holmes verstehen und zugrunde liegen wollte.

Es scheint, dass Maurice Leblanc den Namen des englischen Ermittlers aus offensichtlichen Gründen des literarischen Eigentums ändern musste. In der ersten Ausgabe, die in einer französischen Zeitschrift veröffentlicht wurde, rief Leblanc den englischen Detektiv nach dem Original Sherlock Holmes an, als die Bandausgabe herauskam. Conan Doyle bat ihn in Freundschaft, den Namen des Charakters zu ändern, der Herlock Sholmes wurde die französische Ausgabe und Holmlock Shears in der englischen Ausgabe.

Wir verstehen sofort, dass die beiden Gegner nicht zum ersten Mal aufeinander treffen, sondern dass hinter ihnen eine Rivalität steckt, die seit Jahren verwurzelt ist. Offensichtlich ist die Wahl des Charakters von Sherlock Holmes als Gegner keineswegs zufällig. Im Gegenteil, der Konflikt zwischen diesen beiden Charakteren ist die Umsetzung einer Debatte, die immer offen war, zwischen zwei verschiedenen Kulturen, den Franzosen und den Engländern, sowie auf einer oberflächlichen Ebene der ständige Kampf zwischen den Guten und das schlechte.

"Es gibt einen Mann, nur einen nach ihr, meiner Meinung nach, der in der Lage ist, gegen Lupin zu kämpfen und ihn zu gewinnen." Herr Ganimard, würde es Ihnen etwas ausmachen, wenn wir Herlock Sholmès um Hilfe bitten würden? ""
Ganimard war verblüfft.

"Aber nein, ich verstehe es einfach nicht gut."

«Hier schockieren mich all diese Geheimnisse. Ich möchte klar sehen. Die Herren Gerbois und d'Hautrec haben den gleichen Wunsch, und wir haben vereinbart, den berühmten englischen Detektiv zu kontaktieren. ""

"Sie haben Recht, Madam", sagte der Inspektor mit einer Loyalität, die einige Verdienste hatte, "Sie haben Recht: Der alte Ganimard hat nicht die Kraft, gegen Arsène Lupin zu kämpfen. Wird Herlock Sholmès Erfolg haben? Ich wünsche es, weil ich die größte habe." Bewunderung für ihn. Es ist jedoch unwahrscheinlich ...

».

"Ist es unwahrscheinlich, dass er Erfolg haben wird?"

"Das ist meine Meinung. Meiner Meinung nach ist ein Duell zwischen Herlock Sholmès und Arsène Lupin bereits im Voraus entschieden worden. Englisch wird geschlagen "."

Zunächst in zwei Episoden mit dem Titel "Die blonde Dame" und "Die jüdische Lampe" unterteilt, die sich dann zu einer einzigen großen Geschichte vereinigten.

Der Konflikt scheint nicht zwischen den beiden Mythen beschränkt zu sein, sondern auch zwischen verschiedenen Kulturen, den Franzosen und den Engländern. Die Geschichten sind faszinierend und der Humor macht das Lesen wirklich angenehm.

Aber wie reagierte Lupin auf die Ankunft des besten Ermittlers der Zeit?

"Der Blick, den sie austauschten, war tief, ohne Provokation auf beiden Seiten, aber ruhig und kühn. Es war

das Flattern von zwei Schwertern, die das Eisen kreuzten. Und das Geräusch kam direkt und offen heraus.

'Es war an der Zeit!' Rief Lupin aus, hier ist ein Mann. Ein Gegner, aber es ist der seltene Vogel und es ist Herlock Sholmès! Es wird Spaß machen"."

Die erste der beiden Geschichten beginnt mit dem Fall eines verschwundenen Schreibtisches, eines scheinbar wertlosen Objekts, das jedoch so viel Interesse an Lupin weckt, dass es ihn dazu bringt, es zu stehlen. Sholmes, der aus England angerufen wird, kann die Gelegenheit nicht verpassen, die Rechnung mit dem berüchtigten Lupin endgültig zu begleichen, und so geht er nach Paris, begleitet wie immer von seinem treuen Begleiter Wilson. Die zweite Geschichte dreht sich jedoch um eine mysteriöse gestohlene Lampe, die von großer Bedeutung ist, weil sie einen Diamanten von unschätzbarem Wert enthält. So wird Sholmes, nachdem er am Ende der ersten Folge nach

England zurückgeschickt wurde, wieder nach Paris zurückgerufen, und das Abenteuer wird genau dort fortgesetzt, wo wir aufgehört haben. Die Charaktere, die wir finden, sind immer die gleichen: Inspektor Ganimard, der der berühmtesten und bekanntesten Zenigata der japanischen animierten Version der Abenteuer von Lupin entspricht, der mysteriösen blonden Dame, die wahrscheinlich mit der schönen Margot in Verbindung gebracht wird, und a ganze Reihe von Assistenten und Gefährten von

Lupin, die ihn keinen Moment verlassen.

Der ganze Roman entwickelt sich zu einem Frage-Antwort-Spiel zwischen den beiden Protagonisten, beide verbal, tatsächlich mangelt es nicht an Begegnungen und Zusammenstößen von Angesicht zu Angesicht, das mit Tickets, mysteriösen Briefen, Ankündigungen auf Le Figaro und natürlich Rätseln von verschiedenen Arten. Genau diese Art der Konstruktion ermöglicht es der Geschichte, sich schnell und schnell zu entwickeln. Der Leser wird in die Geschichte hineingezogen und stellt sich zusammen mit Sholmes Fragen und versucht, mögliche Antworten zu finden. Leblanc ist jedoch ein wahres gelbes Genie und verpasst nie die Gelegenheit, uns mit ständigen Wendungen zu überraschen. Gerade als der arme Sholmes davon überzeugt zu sein scheint, dass er das Rätsel gelöst hat, und wir mit ihm, mischt der listige Lupin die Karten auf dem Tisch, kommen andere Hinweise und Zweifel heraus und die Geschichte kehrt wieder auf den ersten Platz zurück. Es gibt zwar einen gemeinsamen Faden, der jedoch so subtil und gut getarnt ist, dass es notwendig sein wird, auf den letzten Seiten herauszufinden, was die schöne blonde Dame, der kluge Lupin und ein mysteriöser Pariser Architekt gemeinsam haben. Selbst wenn wir die lang erwartete endgültige Lösung erreichen, scheint eine Klammer offen zu bleiben: Es ist die des Zusammenstoßes zwischen Lupin und Sholmes, der vielleicht niemals enden wird.

Wie stellen Sie sich den Ermittler vor?

Herlock Sholmès ist ein Mann, wie ihn niemand jeden Tag finden kann. Mit fast fünfzig Jahren sieht er aus wie ein guter Bourgeois, der sein Leben vor einem Schreibtisch verbracht und Buchhaltungsbücher geführt hätte. Nichts unterscheidet ihn von einem ehrlichen Bürger Londons, weder die rötlichen Favoriten noch das rasierte Kinn, noch das leicht schwere Aussehen, nichts als die schrecklich scharfen, lebhaften und durchdringenden Augen.

Und dann ist es Herlock Sholmès, eine Art Phänomen der Intuition, Beobachtung, Hellsehen und Einfallsreichtum. Es scheint, dass die Natur es genossen hat, die beiden außergewöhnlichsten Arten von Polizisten, die die Phantasie hervorgebracht hat, Edgard Poes Dupin und Gaboriaus Lecoq, zu nehmen, um einen auf seine eigene Weise zu bauen, noch außergewöhnlicher und unwirklicher. Und man wundert sich wirklich, wenn man die Geschichte jener Heldentaten hört, die ihn auf der ganzen Welt berühmt gemacht haben, wenn auch er, Herlock Sholmès, kein legendärer Charakter ist, ein Held, der aus dem Gehirn eines großen Schriftstellers, eines Conan Doyle zum Beispiel

Hier ist ein Auszug aus einem Brief, den Lupin an Sholmes geschickt hat, ein Merkmal, das später berühmt wurde.

„Siehst du, lieber Meister, was auch immer wir sagen oder tun, wir zwei werden niemals derselben Rasse angehören. Du auf der einen Seite des großen Grabens und ich auf der anderen. Wir können uns auch grüßen, uns die Hand geben, uns eine Weile freundschaftlich unterhalten, aber der Abgrund, der uns trennt, wird sich immer zwischen uns öffnen und sich nicht ändern. Sie werden immer Herlock Sholmes sein, der Detektiv, und ich werde

für immer Arsène Lupin sein, der Lagro-Gentleman. “

Der berühmte Turm von Etretat in der Normandie verbirgt den fabelhaftesten Schatz, den man sich vorstellen kann: Perlen, Rubine, Saphire und Diamanten ist das Glück des Königs von Frankreich.
Arsène Lupin simuliert seinen eigenen Tod und macht sich zusammen mit Graf Gesvres 'Nichte auf die Spur des Geheimnisses des Turmes.

DIE KRISTALLKAPPE

Eines der berühmtesten Abenteuer von Lupin. Sein Komplize Gilbert wird gefangen genommen und zur Guillotine verurteilt. Aber bevor er verhaftet wird, gibt er Lupin einen Kristallflaschenverschluss und empfiehlt ihm, ihn eifersüchtig zu bewachen, ohne den Grund zu erklären.

Lupin wird alles tun, um das Geheimnis der Kappe zu entdecken. Er untersucht das Privatleben von Daubrecq, einem skrupellosen Politiker, der sein

Haus als alter Butler verkleidet infiltriert.

DAS GOLDENE DREIECK

Ein verstümmelter Krieg, Captain Patrice Belval, vereitelt einen Entführungsversuch einer Krankenschwester, die unter dem Spitznamen Mamma Coralie bekannt ist. Der Kapitän verliebt sich in sie und entdeckt bald, dass sie anlässlich des grausamen Mordes an ihrem Ehemann verheiratet ist. Dieses Verbrechen hängt mit einer Verschwörung zusammen, Frankreich von seinen Goldreserven zu befreien (der Erste Weltkrieg ist in vollem Gange), und auch mit einem Rätsel, das die beiden jungen Männer vereint. Um diese Verwicklungen zu lösen und sich gegen einen unerbittlichen Gegner zu verteidigen, wendet sich Belval an Arsène Lupin, den Gentleman-Dieb.

Aber wer soll tot sein …

KAPITEL 5: IST ER WIRKLICH TOT?

Die Insel der dreißig nackten

Mach dir keine Sorgen, er ist nicht tot. Auch weil Leblanc ihn zwei Jahre später zurückbringt, um das Geheimnis der Insel der Dreißig Bare zu lösen. Maurice Leblanc mischt in diesem Roman geschickt Mystery, Fantasy und Science Fiction und stellt Arsène Lupin in Frage, um den mysteriösen Fall eines doppelten Verschwindens zu enträtseln, den des Vaters und des Sohnes der schönen Véronique d'Hergemont. Fast die gesamte Aktion findet auf der rätselhaften (und fiktiven) Insel Sarek statt. Hier konzentrieren sich die Ermittlungs- und Auflösungsbemühungen des Gentleman-Diebes darauf, die unterirdischen Verschwörungen einer skandalösen Geschichte von Stolz und Rache zu identifizieren.

DAS VERTRAUEN VON ARSÈNE LUPINE

Unter den verschiedenen Geschichten und abenteuerlichen Geschichten befinden sich die autobiografischen Kapitel unseres geliebten Diebes.

Die neun Kurzgeschichten, die 1913 in großem Umfang veröffentlicht wurden und die "Vertraulichkeiten von Arsène Lupin" ausmachen, sind eine wichtige Einführung in den berühmten Charakter des "Gentleman-Diebes" vor der idealistischen Wende der

Nachkriegszeit.
Lupin ist der charismatische Frauenheld und kluge Einbrecher mit einer zweideutigen Moral, die fasziniert und siegt. Unter all den Lupinen, die uns Leblancs Werke gegeben haben, lebte derjenige, an den wir uns alle erinnern und den wir lieben, auf genau diesen Seiten.

DAS DOPPELTE LEBEN

Herr Kesselbach, ein berühmter Diamantensammler, wird tot aufgefunden und an einen Stuhl im Hotelzimmer gebunden, in dem er sich befindet. Auf dem Schreibtisch die Visitenkarte von Arsène Lupin. Ist Arsène ein Mörder geworden? Kommissar Lenormand führt die Untersuchung durch, aber die Beweise verschwinden im Verlauf der Forschung. Der Mörder ist immer noch im Hotel. Nacheinander werden viele Kollegen Lenormands auf die gleiche Weise wie Kesselbach mit einem in die Kehle geschnittenen Messer getötet. Der Täter scheint uneinnehmbar. Wer ist es? Warum wurde Kesselbach getötet? Und was bedeutet diese mysteriöse Nummer 813, die im Zimmer des Opfers gefunden wurde?

DIE LEERE KÜSTE

Während eines Raubüberfalls auf Schloss Gesvres erschießt die Nichte des Grafen, Mademoiselle Raymonde de Saint-Véran, einen Fremden wer verschwindet spurlos. Kurz darauf wird die junge Frau entführt, während die Leiche eines Mannes gefunden wird. Ist es Arsène Lupin?
Ist der bekannte Dieb, der den

Diebstahl verursacht hat, dann tot? Die Polizei ist davon überzeugt, aber die junge Isidore Beautrelet, eine Amateurdetektivin, die sich auf die Suche macht, ist es nicht, zumal es sich um ein altes Dokument von unschätzbarem Wert handelt - das Geheimnis des nur bekannten Hohlstapels an die Könige von Frankreich - verschwindet auf mysteriöse Weise ...

L'ECLAT D'OBUS

Es spielt während des Ersten Weltkriegs, noch vor einem Abenteuer von Lupin, und ist Leblancs bester Roman, der weithin als "würdiger Erbe von Guy de Maupassant" gefeiert wird. Paul Delroze ist vorne. Er kämpft gegen die Deutschen und verfolgt gleichzeitig den Täter eines schrecklichen Verbrechens. Er fand heraus, dass sein Vater im Juni 1914 von der Mutter seiner jungen Frau, Elizabeth, getötet wurde. Aber ist der Mörder wirklich so, wie sie scheint? Der Roman ist von antideutschen Gefühlen durchdrungen und vermischt reale Ereignisse und Vorstellungskraft. Und es ist so gut zusammengestellt (und erzählt), dass es wahr scheint. Und es wird Arsène Lupin sein, dem Protagonisten den Schlüssel zum Rätsel zu liefern.

DIE GRÄFIN VON CAGLIOSTRO

Lupin ist ein Junge wie viele andere, voller Leben, ein Liebhaber von Frauen, ein Gascon.

Was sich von den anderen unterscheidet, ist die Art und Weise, über die Runden zu kommen: Es ist sicherlich nicht üblich, ein paar kleine Juwelen von anderen zu stehlen, um durchzukommen.

In diesem Kapitel der Saga des Gentleman-Diebes kennen wir ihn immer noch unter dem Namen Raoul d'Andrésy, verliebt in eine junge Jungfrau aus einer guten Familie und abgelehnt von ihrem Vater. Bei einer besonderen Gelegenheit trifft er eine mysteriöse Frau, eine gewisse Josephine Pellegrini-Balsamo, die schön und faszinierend ist. Er ist offensichtlich verzaubert und rettet sie vor einem schlechten Ende. In der Vergangenheit der Dame gibt es viele Dinge zu verstehen, aber die Anziehungskraft ist so stark, dass sie alle Hindernisse überwindet.

Josine wird unseren Helden auf ein gewagtes Abenteuer führen: Es gibt einen wunderbaren Schatz, der von der Geschichte und den alten französischen Mönchen verborgen wird. Die

Beziehung zwischen Lupin und Cagliostro ist stürmisch, es ist unmöglich, sich von der zu entfernen müssen das Gold in Besitz nehmen.

CAGLIOSTRO NIMMT RACHE

In einer Bank zählt ein kurzsichtiger Herr Bündel von Banknoten. Ein Gentleman, der sehr deutlich sieht, beobachtet ihn mit dem Interesse, dass er zu Hause jede hübsche Summe sieht, die seinen Hafen passiert, denn dieser zweite Gentleman heißt Raoul d'Averny, alias Arsène Lupin. Er beschließt, seine Methode anzuwenden, dh dem Mann zu seinem Haus zu folgen und sich in der Gegend niederzulassen, um die Orte zu lokalisieren, bevor er handelt. Aber das Streben nach dieser Beute wird Arsène Lupin viel weiter führen, als er erkennt, in einem Drama, in dem Liebe mit Hass verdoppelt wird und Rache neben den Lauben läuft.

DIE GRÜNE AUGE

An einem hellen Tag im April wird der Baron de Limézy beim Bummeln durch die Straßen von Paris von der Schönheit und den prächtigen blauen Augen der jungen Engländerin Constance Bakefield angezogen. Bei der Verfolgung der Frau stößt er jedoch auf eine andere schöne Figur, von der er sofort erobert wird: "Man konnte die großen jadegrünen Augen, die mit Gold bestrichen sind, nicht aus den Augen lassen" ... Und hier beginnt das Abenteuer, aber Raoul

(Arsène Lupin in dem Stück spielte seine Rolle unter diesem Namen) hätte nie gedacht, in einen sehr komplizierten Fall verwickelt zu sein. Obwohl sein Leben als großer Abenteurer ihn an die schlimmsten Brillen gewöhnt hatte, war er verwirrt von einer Realität, die er sich nicht vorstellen und irgendwie erfassen konnte. Die Fakten waren jenseits seiner Vorstellungskraft. Wer ist wirklich die grünäugige junge Dame? Der 1926 erstmals in "Le Journal" veröffentlichte Band setzt die Neuveröffentlichung der Abenteuer des berühmtesten Gentleman-Diebes fort.

Die Frau lächelt

Arsène Lupin verliebt! Wie bei all seinen Heldentaten ist Liebe sicherlich keine Liebe, die absolut ungewöhnlich ist und die ihn dazu bringt, ein altes Rätsel, ein verlorenes Erbe und eines seiner Gefechte mit der französischen Polizei zu lösen.

KAPITEL 6: DIE GESCHICHTE ENDET

DIE ABENTEUER EINER JUNGEN LUPINE

Klug, mutig und mit einem tiefen Sinn für Ehre: Lupin ist erst vierzehn Jahre alt, aber er ist bereits eine Berühmtheit unter den Pariser Kriminellen. Sein Zuhause ist La Gallows, das berüchtigtste Gebäude der Stadt, und seine Nachbarn sind Fälscher, Bankräuber und Hausratten.

Lupin würde jedoch niemals ohne Grund stehlen und teilt seine Beute immer mit den Waisenkindern in der Nachbarschaft.
Eines Tages klopfen Cyrano und Clarisse, der mürrische Elefantenbändiger und der agile Seiltänzer des Circus of Hiver, an seine Tür, und für Lupin beginnt ein unerwartetes Abenteuer. Cyranos Bruder ist tatsächlich in Luft aufgelöst und die Polizei weigert sich, Ermitlungen aufzunehmen. Als Lupin merkt, dass sich der schwer fassbare Doktor Mous-

tache hinter der Entführung versteckt, kann er sich nicht länger zurückhalten, weil niemand weiß, aber die beiden haben ein altes Konto, das sie begleichen müssen ...

Zwischen Wendungen und gewagten Fluchten, Verkleidungen und Tricks entführt uns der Autor in Lupins abenteuerliche Vergangenheit, um herauszufinden, wie er zum berühmtesten und beliebtesten Gentleman-Dieb der Welt wurde.

In der mysteriösen Villa wird die Hauptdarstellerin während einer Theateraufführung entführt, während sie eine prächtige Tunika trägt, die mit kostbaren Diamanten geschmückt ist. Lupin wird das Rätsel lösen, das nicht das einzige sein wird.

DIE NEUESTE GESTE

In einem Film von vor vielen Jahren stellt Sherlock Holmes, der darüber informiert ist, dass der Nebel die Navigation auf dem Kanal verhindert, fest, dass "der Kontinent isoliert geblieben ist" ... Auf der anderen Seite des Ärmelkanals befindet sich Arsène Lupin, der Gentleman-Dieb ist überzeugt, dass England isoliert geblieben ist. Diese anglo-französische Rivalität steht immer noch im Zentrum von Maurice Leblancs jüngster Anstrengung, bevor ihn eine Gehirnblutung daran hinderte, weiter zu schreiben. Es ist Le dernier amour d'Arsène Lupin, geschrieben 1937, auf wundersame Weise von einer Nichte in den Papieren des Schriftstellers wiederentdeckt und jetzt von Balland (Paris) veröffentlicht. Leblanc hatte bereits die epische Herausforderung zwischen Lupin und Holmes namens "Herlock Sholmès" inszeniert. Arsène ist nicht nur ein Dieb, wenn auch ein Gentleman, und Sherlock ein Detektiv, sondern die beiden repräsentieren zwei verschiedene Visionen der Welt. Beide sind - wie ihre Autoren - weit vom Christentum entfernt. Aber der Spiritist Conan Doyle hat einen Detektiv geschaffen, der in Momenten extremer Gefahr ein religiöses Gefühl der

Gemeinschaft mit dem Universum zeigt. Während der Lupin des Laien Leblanc eher an Frankreich und die République denkt.

Und auch - als guter Franzose - schöne und schöne Frauen zu lieben, während Holmes eher frauenfeindlich ist. Dernier amour blieb in seinem ersten Entwurf, aber es ist kein unvollendeter Roman. Die Handlung läuft bis zum Ende. Wenn überhaupt, konnte Leblanc nicht überprüfen, ob die Daten im Roman mit einer idealen Biographie von Lupin übereinstimmen. So finden wir den Gentleman-Dieb 1921 im Alter von vierzig Jahren in Paris, was nicht mit anderen Romanen übereinstimmt, die ihn um 1874 geboren und 1921 woanders platziert haben. Aber vielleicht ist das gar nicht so wichtig. Die Geschichte macht Spaß, auch wenn das Schreiben unter der Tatsache leidet, dass es sich genau um einen falschen ersten Entwurf handelt. Und in dem Buch steckt der Geist von Lupin, wie er aus Leblancs Texten hervorgeht, die nicht immer originalgetreu von Kino und

Fernsehen reproduziert wurden und die uns mehr "leichte" Lupinen gaben, wie die denkwürdige und beliebte - aber weit entfernt von Romanen -, die von gespielt werden Georges Descrières. Tatsächlich hat das Fernsehlicht von Lupin nicht den französischen Nationalismus, die republikanische Leidenschaft, das soziale Engagement, das in Leblancs Geschichten zu finden ist. Und dass sie in Dernier amour eher ausgeprägt sind.

Lupin lebt in der Zone, einem verlassenen Vorort von Paris,

wo er versucht, Kindern zu helfen, die Kinder des Elends und der Kriminalität sind.
Es geht nicht so sehr um Bildung, sondern um eine Art Sport und militärische Disziplin. Die Jungs kennen ihn als Captain Cocorico. Die Polizei weiß, dass es Lupin ist, der für die vielen Dienstleistungen, die für Frankreich erbracht werden, jetzt jedoch geschützt und unverwundbar ist. Und Lupin ist dabei, einen anderen zu machen. Die britischen Geheimdienste sind auf der Suche nach einem Buch, in dem

Jeanne d'Arc der Nachwelt schmeichelhafte Reflexionen über den britischen Charakter und die britische Politik lieferte. Der Chef des britischen Geheimdienstes gibt vor, einer der adretten Freier der schönen Cora de Lerne zu sein, und versucht selbst, den Band in den Griff zu bekommen. Aber er rechnete ohne Lupin, der das Buch rettet, und auch Cora, die mit einem Thronfolger Englands verlobt war. Cora verzichtet jedoch auf die Krone. Er liebt Lupin, und derselbe Gentleman-Dieb gibt zu, dass er zum ersten Mal die wahre Liebe gefunden hat. Deshalb ist er bereit, sein abenteuerliches Leben und sogar seinen fabelhaften Reichtum aufzugeben, den er einem Fonds für universellen Frieden spenden wird. Während Conan Doyle Sherlock Holmes in den Dienst der britischen imperialen Politik stellte, präsentiert uns Leblancs jüngstes Bestreben einen pazifistischen, internationalistischen und zumindest weitgehend sozialen Lupin. Aber sowohl Leblancs Frankreich als auch Conan Doyles England mit ihrem naiven Optimismus hinsichtlich des bevorstehenden Friedens würden bald von der Tragödie des Zweiten Weltkriegs überwältigt sein.

KAPITEL 7: LUPINE III MANGA EDITION

Monkey Punch, der Künstlername von Kazuhiko Katō, ist den meisten als Schöpfer von Lupin III bekannt. Eine historische Serie mit verheerenden Auswirkungen, mit einem Labyrinth von Charakteren, die ganze Generationen umarmt und überspannt haben.

Seine Arbeit war unweigerlich von dem Ruhm seiner berühmtesten Kreatur abhängig, der fast alles andere in den

Schatten stellte. Und um zu sagen, dass er seine Karriere als Mangaka fast zufällig begann, angetrieben vom Direktor des Krankenhauses, in dem er als Radiologe arbeitete.

Wie viele andere Kollegen zu dieser Zeit begann er mit dem Schreiben und Zeichnen von erotischen Mangas wie Fukushu und Kaidan Yaro (1964), Playboy Nyumon (Wie man ein Playboy wird, 1965). Später schuf er die Pinky Punky-Serie, in der eine hübsche Frau mit ihrem Feind, einem perversen

Wissenschaftler, zusammenstößt. Eine Geschichte, die in ihrer Naivität die Keime enthält, die die wesentlichen Elemente seiner Karriere sein werden: Gags, epische Zusammenstöße, lustige Charaktere und eine Prise Melancholie.

Nach verschiedenen Titeln beginnt er 1967 mit der Serialisierung von Lupin III: Die Zeit ist reif für die Figur, sich perfekt auf den Geschmack des Publikums einzustellen, aber nicht nur. Lupin ist dank seiner Extravaganz und der ebenso starken Nebencharaktere in der Charakterisierung zu einer beliebten Ikone geworden.

Die Fähigkeit von Monkey Punch bestand darin, ansprechende Situationen zu schaffen, in denen sehr unterschiedliche Elemente in der Erzählung zusammengeführt wurden, die jeweils durch ihre jeweiligen Charaktere symbolisiert wurden.

Fujiko ist seit Jahren der erotische Traum vieler Leser / Zuschauer, die Femme Fatale, die des besten Noir würdig ist, eines geliebten und gehassten, aber fundamentalen Charakters; Lupins Gefährten Jigen und Goemon sind Symbole zweier entfernter, aber leicht zusammenlebender Kulturen.

Jigen mit dem charakteristischen Hut, der Zigarette immer im Mund und der außergewöhnlichen Fähigkeit, die Waffe zu benutzen, ist eine offensichtliche Hommage an die Filmkultur und nicht nur der Vereinigten Staaten, insbesondere in Bezug auf Western und

Cowboys. Jigen ist genauso desillusioniert wie die Charaktere, die das Genre die ganze Zeit über bevölkert haben.

Goemon hingegen ist eine Zusammenfassung einer schwebenden, reflektierenden, orientalischen Kultur, obwohl beide eine unerwartete Weisheit bewahren.

Dazwischen steht natürlich Lupin, Viveur, verrückt, aber brillant, optimistisch und ein Anbeter des Lebens, in gewissem Maße eine Hommage an die europäische Kultur, der Monkey Punch sehr verbunden war. Schließlich Zenigata, Lupins Antagonist, die ewige Nemesis. Vielleicht verbirgt Zenigata das verborgenste Geheimnis des Erfolgs von Lupin III: die Fähigkeit, einem Charakter Leben einzuhauchen, einem Rivalen schlechthin des Protagonisten, der zutiefst menschlich, unvollkommen, glaubwürdig und eine Art Ante Litteram Fantozzi ist.

Die Vielfalt dieser Charaktere,

gepaart mit dem ansprechenden Potenzial der Erzählung, verwandelte die Serie in eine Bombe, deren Explosion über die Jahre anhaltende Echos haben würde. Ungeachtet der Tatsache, dass Monkey Punch inzwischen an Projekten im Zusammenhang mit Lupin zusammengearbeitet hat, konnte seine berühmteste Kreatur ein halbes Jahrhundert durchqueren und ihren Charme auch in den letzten Generationen beibehalten.

Es war eine transmediale Arbeit,

die in den Bereichen Comics, Animation, Live-Kino, Videospiele und sogar im Theater entwickelt wurde. Nicht, dass es in Japan eine Neuheit gewesen wäre, da die Verflechtung des Manga- und Anime-Marktes die Grundlage für die sprudelnde Medienproduktion bildet .

Kurz gesagt, Lupin war kein zufälliger Erfolg. Hayao Miyazaki hatte es ebenfalls bemerkt und beschlossen, sein Debüt als Regisseur eines Zeichentrickfilms mit Lupin -

Cagliostros Schloss - zu geben, in dem er seine eigenen Vorschläge für die Arbeit von Monkey Punch machte und sie in etwas Wunderbares verwandelte, während er ihre rohen Eigenschaften beibehielt .

Monkey Punch war eine exquisite Person, die seine Arbeit liebte und es liebte, mit seinem Publikum umzugehen, obwohl seine Kreatur fast außer Kontrolle geraten war und anderen Köpfen und Künstlern ausgeliefert war. Und tatsächlich blieb er ein Sklave dieses gigantischen Charakters.

Nicht, dass er es nicht versucht hätte: In den siebziger und achtziger Jahren machte er als Autor mehrere Comics, in denen er versuchte, die ihm am Herzen liegenden Themen zu erarbeiten, immer mit dem Ziel, Genres und Referenzen zu mischen und immer dafür zu sorgen, dass Oriente und die West konvergierte zu einer einzigen versöhnlichen Vision. Cinderella Boy, Bocchan und vor allem Senya Ichiya Monogatari, die

Neuinterpretation von Tausendundeiner Nacht.

Aber Lupin war wirklich zu viel, um sicherzustellen, dass Monkey Punch für alles andere erkannt werden konnte: Es spielt keine Rolle, es ist nicht jedermanns Sache, einer so ikonischen Figur Leben einzuhauchen, dass sie in der Geschichte der Comics und Animationen unauslöschlich geformt bleibt.

Wenn Lupin III offensichtlich von den Romanen von Arsène

Lupin von Maurice Leblanc inspiriert war, hatte Monkey Punch für die anderen Charaktere fast überall gefischt. Jigen ist der verlorene Zwilling von James Coburn aus The Magnificent Seven. Goemon heißt Goemon Ishikawa XIII, weil er der jüngste Nachkomme des legendären Banditen und Ninja Ishikawa Goemon ist, einer Art japanischer Robin Hood, die es wirklich gab. Inspektor Zenigata war eine Katze Tom in einem Regenmantel, die seinen Jerry niemals packen konnte und ständig ein Paar Handschellen schwenkte. Auf der anderen Seite wurde es vom literarischen Charakter von Heiji Zenigata inspiriert, der Münzen anstelle von Handschellen warf.

Und Fujiko, ... Der Name blitzte in Monkey Punchs Gedanken auf, als er auf ein Schild mit dem Berg Fuji schaute, und sein Nachname Mine zeigt die Spitze eines Berges an. Kurz gesagt, zwei Berge: Was bedeutete das? Nur die Autoren kennen die Antwort.

COPYRIGHT-FRAGE

Bekanntlich ist der Charakter von Arsenio Lupin oder besser Arsène Lupin vom großen Dieb-Protagonisten der Romane des französischen Schriftstellers Maurice LeBlanc (1864-1941) inspiriert. In der Tat wäre Lupin III. Genau der Enkel dieser berühmten literarischen Figur. Das Problem ist jedoch, dass Monkey Punch sich bei der Erstellung nicht mit dem Urheberrecht des Namens befasste und als der Manga und dann der Anime auch außerhalb Japans an Popularität gewannen, machten sich die Erben des Schriftstellers Gehör.

Um das Problem zu lösen, wurde Lupin für einen Zeitraum, der zum Erlöschen von LeBlancs Rechten führte, auch als Wolf (gerade wegen der Übereinstimmung mit der französischen Lupe, Wolf) oder auch als Rupan oder die japanische Aussprache des Namens vermarktet. Für einen bizarren historischen Appell musste Maurice LeBlanc jedoch auch urheberrechtliche Probleme haben: Als er 1908 beschloss, seine Arsène Lupin mit der kollidieren zu lassen Der legendäre Sherlock Holmes musste die Beschwerden von Arthur Conan Doyle selbst ertragen. löste das Problem durch die Veröffentlichung von Arsène Lupin gegen Herlock Sholmes.

Aber diese Geschichte, dass ein Japaner mit einer Figur namens Lupin und dem Enkel von Arsenius Lupin ein Vermögen gemacht hatte, war gut für Leblancs Erben? Nee. Es ging durch die Gerichte, was auch erklärt, warum der Name der Serie und der Charakter in mehreren Ländern geändert wurden. Ausgehend von Frankreich, wo der Anime in Edgar, Detective Cambrioleur und Lupin Edgar de la Cambriole umbenannt wurde. Ja, du kannst es nicht hören.

Die ursprüngliche Idee im Jahr 1971 war, Lupins Manga in einen Animationsfilm umzuwandeln, aber das erste Ergebnis enthielt zu viele Szenen mit Gewalt und

Geschlecht für einen Kinostart. Wir haben uns daher für einen episodischen Anime entschieden, der ursprünglich Masaaki Ōsumi anvertraut wurde. Nach zwei Folgen beschwerten sich die Produzenten jedoch immer noch über die dunklen Töne und ersetzten ihn durch Hayao Miyazaki und Isao Takahata. Könnte der große Meister der japanischen Animation auch hier nicht mithelfen?

Tatsächlich war Miyazakis Behandlung offensichtlich und trug dazu bei, den Charakter von Lupin zu entwickeln, wie viele von uns ihn heute kennen: Die zu gewalttätigen Aspektc wurden beseitigt, Lupin selbst wurde ein prahlerischerer und gutmütigerer Charakter und der Anime wurde im Allgemeinen besser für den Familien in Geschichten und Sprache. Miyazaki signierte auch das Film Il castello di Cagliostro, das als eines der schönsten Werke des berühmten Diebes gilt, auch wenn er mit dem Ergebnis nie ganz zufrieden war.

FUJIKO ODER MARGOT

Im Manga blieb der von Monkey Punch beibehaltene Ton dunkler, und besonders zu Beginn wurde Lupin dem James-Bond-Modell nachempfunden, was ihm den Charakter eines Charakters mit viel Lässigkeit und einer übermäßigen Leidenschaft für Frauen verlieh. In den ersten Bänden trifft sich die Protagonistin jedoch mit vielen verschiedenen Frauen, die alle Fujiko (Name vom Berg Fuji abgeleitet) heißen, und geht ins Bett. Aber jede Woche eine weibliche Figur zu kreieren, war eine erhebliche Belastung für Monkey Punch, der sich dann entschied, nur eine führende weibliche Figur einzuführen, die mittlerweile berühmte Fujiko Mine, den Prototyp des vollbusigen und schwer fassbaren Bond Girl.

Zu dieser Vervielfachung der Persönlichkeit kam dann das Durcheinander hinzu, das durch das Überspielen des Anime entstanden war: In der zweiten Staffel und in einigen Episoden der dritten wird Fujiko tatsächlich in Margot umbenannt und in gewisser Weise so behandelt, als wäre sie eine andere Figur. Der Autor versuchte es zu reparieren, indem er sich mit der Vergangenheit der Frau befasste und erklärte, warum sie für eine Weile verschwunden und durch Margot ersetzt worden war.

LUPINE VIII

Nach der zweiten Serie des Anime beschlossen die Produzenten von TMS (Tokyo Movie Shinsha), von seinem Erfolg zu profitieren, indem sie eine weitere animierte Spin-off-Produktion schufen. Inspiriert von dem kurzen Manga Rupan Hassei aus dem 22. Jahrhundert in Paris mit Lupin VIII, dem Nachkommen unseres Protagonisten, entwickelten sie einen Piloten, zu dem auch die Nachkommen von Goemon, Jigen, Fujiko und Zenigata gehörten.

Das Projekt wurde jedoch nie vollständig realisiert, wahrscheinlich auch hier aufgrund von Urheberrechtsproblemen, auch wenn nur Bilder einer ersten Folge nie ausgestrahlt wurden. Speziell für ein jüngeres Publikum und insbesondere für Amerika konzipiert, musste die animierte Show durch einen Ersatz ersetzt werden, um so schnell wie möglich produziert zu werden: So wurde Inspector Gagdet geboren, der ohne Lupin daher nie das Licht erblickt hätte.

WAHRES LEBEN

Nicht nur Manga, Anime,

Videospiele und Merchandising: Lupin hat im Laufe der Zeit auch seine Filmversionen in Fleisch und Blut gehabt. Der erste wurde 1974 in Japan mit dem Titel Lupin III: Strange Psychokinetic Strategy gedreht, einem extrem parodistischen Film auf halbem Weg zwischen Pink Panther und Austin Power. 2014 wurde jedoch erneut in Japan ein neuer Live-Action-Film in die Kinos geschickt, in dem jedoch mehr als ein echter Action-Thriller zu sehen war, von dem auch eine Fortsetzung in Arbeit sein würde.

Und selbst der am meisten misshandelte der Charaktere, Inspector Zenigata, verdiente seine Version mit echten Schauspielern: Im Februar 2017 wurden tatsächlich vier spezielle Episoden auf Ntv und Hulu Japan ausgestrahlt, die die Ereignisse des einen oder anderen Inspektors von 'unvermeidlich wasserdicht' verfolgten.

JACKE

Die Anzahl der Filme, TV-Specials und OAVs, die Lupin gewidmet sind, ist einfach beeindruckend, aber zumindest im TV-Bereich ist es einfach, sich zurechtzufinden. Befolgen Sie einfach den Farbcode der Jacken, der unter Fans eine schnelle Möglichkeit ist, jede Serie anzuzeigen:

Die Abenteuer von Lupin III, 1971, grüne Jacke; Die neuen Abenteuer von Lupin III, 1977, rote Jacke; Lupin, der unverbesserliche Lupin, 1984, rosa

Jacke; Lupin III, 2015, blaue Jacke; Lupin III - Teil 5, 2018, blaue Jacke (jedoch mit Amarcord-Einbrüchen der anderen Jacken).

Die dritte Serie (rosa Jacke) entstand ebenfalls aus der Asche eines Projekts, das nie durchlaufen wurde. Lupin VIII spielt im Paris der Zukunft und soll als Hintergrund für die Ereignisse von Lupins Nachkommen und den anderen dienen. Gegen die Rechtsstreitigkeiten mit anderen Nachkommen, denen von Maurice Leblanc, wurde nichts unternommen. Ein Teil der bereits für dieses Projekt geleisteten Arbeit wurde zwei Jahre später für die dritte Serie von Lupin recycelt.

KAPITEL 8: DIE NETFLIX-REIHE

Alles verrückt nach Lupin. Die Netflix-TV-Serie mit Omar Sy, inspiriert von den Abenteuern des Gentleman-Diebes, führt die Top 10 der meistgesehenen der Welt an, einschließlich der USA. Alles dank einer packenden Handlung, die fasziniert und unterhält, ohne jemals an Tempo zu verlieren. Aber auch vom zeitlosen Charme des Charakters, der von der Feder von Maurice Leblanc bis zum japanischen Anime und Manga in der Vergangenheit ganze Generationen erobert hat. Hier erzählen wir Ihnen einige Kuriositäten über die Show: von den Schauplätzen über die Besetzung und die Bücher, von Lupines Schatz bis zu Marie Antoinettes Halskette.

Wenige Tage nach ihrer Veröffentlichung gehört die TV-Serie mit Omar Sy, inspiriert von den Abenteuern des Gentleman-Diebes, der Anfang des 20. Jahrhunderts aus der Feder von Maurice Marie Émile Leblanc geboren wurde, bereits zu den Top Ten der meistgesehenen auf der Streaming-Plattform in Worldwide.

Und es ist keine triviale Angelegenheit, da es sich um eine französische Produktion handelt, auch wenn dahinter Gaumont Télévision (mit dem Netflix bereits für Narcos und The Barbarians gearbeitet hat) und das Ehepaar Louis Leterrier (ehemaliger Regisseur von Now You See Me - I) stehen Maghi del Crime) und Marcela Said.
Der Verdienst des Erfolgs, der angesichts der anfänglichen Kontroversen in den sozialen

Medien über die Wahl einer schwarzen Arsène Lupin nicht offensichtlich ist, muss in der fesselnden Handlung gesucht werden, die Drama mit den Mechanismen des Detektivs und des Überfallfilms vermischt. Aber auch zum Mythos eines zeitlosen Charakters, der, nachdem er ganze Generationen begeistert hat, in einem völlig neuen Gewand zurückkehrt.

Vergessen Sie in der Tat den Dieb mit einer Krawatte, die einen Käfer aus dem Monkey Punch Manga und dem "unverbesserlichen und schwer fassbaren Lupin" des Kult-Anime der achtziger Jahre treibt: In der Fernsehserie sehen Sie weder Ghemon noch den ungeschickten Kommissar Zenigata oder sogar der überschwängliche Fujiko (alias Margot).

Und alles in allem vergessen Sie auch, Maurice Leblancs Gentleman-Dieb zu sehen. Die Schöpfer George Kay und François Uzan haben die kluge Entscheidung getroffen, Arsène Lupin im heutigen Paris nicht neu zu interpretieren, sondern die Geschichte eines Mannes zu erzählen, der von der fiktiven Figur beeinflusst ist. Eine erfolgreiche Operation, auch dank der Wahl von Sy, der es mit seinem Charisma schafft, einem glaubwürdigen Protagonisten Leben einzuhauchen.

Obwohl Netflixs Lupin eine beinahe erklärte Hommage an die Literatur ist, mit Zitaten und einem allgegenwärtigen Buch in den Dreharbeiten, ist das „neue“ Arsenio eine völlig andere Figur, die perfekt in unsere

Zeitgenossenschaft eingebettet ist. Er heißt Assane Diop und ist der Sohn eines Einwanderers.

HANDLUNG
[Warnung, Spoiler]

Nacht. Wir sind in einem dunklen und stillen Paris. In den Räumen des Louvre, die von Millionen von Touristen befreit sind, bleibt eine Putzfrau mit einem schelmischen Lächeln vor der Mona Lisa stehen. Es ist Assane Diop, der Sohn eines senegalesischen Einwanderers, der das Pariser Museum in den

Rahmen des Staatsstreichs des Jahrhunderts verwandeln will: Ziel ist es, die prächtige Halskette von Königin Marie Antoinette zu stehlen, die zur Versteigerung bereit ist exorbitante Summe von 20 Millionen (aber dann wird er auf 60 geschlagen).

Der Plan ist fertig, auch die Komplizen. Der Schlag trifft, alles scheint in der ersten Folge fast gelöst zu sein, aber es gibt diejenigen, die doppelt kreuzen. Und bald merkt der Betrachter, dass im Verlauf der TV-Serie nichts so sein wird, wie es auf den ersten Blick scheint.

In einem fortwährenden Spiel mit Rückblenden, Drehungen und Wendungen entdecken wir die wahre Geschichte von Assane, einem vaterlosen Kind, das nach einem ungerechten Urteil im Gefängnis Selbstmord begangen hat. Nur 25 Jahre zuvor war der Elternteil Babakar Diop, der im Dienst der Familie Pellegrini arbeitete, wegen Diebstahls derselben Halskette angeklagt und inhaftiert worden (später gefunden und jetzt der

Preis einer Wohltätigkeitsauktion). Und Assane möchte heute sein Gedächtnis einlösen, indem er die Schuldigen findet.

Wie? Nicht mit Gewalt oder Gewalt, sondern mit List. Seine Waffe sind Bücher. Die von Arsène Lupin, für deren Charakter er fast eine Verehrung hat, die er als Teenager mit seinem Vater verschlang. Sie werden ihm die Inspiration geben, Fallstricke zu planen, den wahren Schuldigen zu entlarven und Ärger zu vermeiden. Weil Assane bereit ist, alles zu tun, um seine eigene

Suche nach der Wahrheit erfolgreich zu gestalten. Gefährden Sie sich und seine Familie auch: seine süße Frau Claire, von der er getrennt ist, und seinen Sohn Raoul.

Lupin, Netflix: das Thema Vielfalt und Integration

Auf diese Weise wird die Erzählung ab einer ersten Episode in einem vollständigen Überfallfilm zu einem Familiendrama, wenn auch nicht ohne Rhythmus, Ironie und Wendungen, die einer selbstbewussten Detektivgeschichte würdig sind. Wo der Protagonist kein Gentleman-Dieb ist, kein kluger Anarchist, der von den Reichen stiehlt, um ihn den Armen zu geben: Er ist ein ultimativer, ein ahnungsloser.

„Du hast mich unterschätzt, weil du mich nicht angesehen hast. Du hast mich gesehen, aber du hast mich nicht angesehen. Wie sie mich nicht ansehen, für die ich arbeite. Die dort leben, während wir hier leben, die oben leben, wenn wir unten sind: Sie sehen uns nicht an. Und dank dieser Unsichtbarkeit werden wir reich ", sagt Assane, als er den beiden Komplizen in ihrer Wohnung in einem anonymen Pariser Vorort den Plan für den Diebstahl vorstellt.

Hier erscheint erstmals der Hinweis auf das Thema Ungleichheit in einem multikulturellen Paris. Der rote Faden von Vielfalt, rassistischen Vorurteilen und schwieriger kultureller Integration (den das zeitgenössische französische Kino oft auf intelligente Weise mit Zartheit und Ironie angeht, reicht aus, um nur zwei Titel im Netflix-Katalog zu sehen, von Welcome to Marly-Gomont bis L. 'schlechtes Gras) läuft unter der Strecke, Wette um Wette. Nicht zu verschleiert.

Der Assane Diop, der die Halskette auf einer Auktion kauft, ist ein kultivierter, raffinierter und wohlhabender Mann. Dennoch wird er vom Wachmann mit einem "Ich habe niemanden wie Sie erwartet" begrüßt. Wo sie für einen schwarzen Mann steht. Aber genau diese soziale

Unsichtbarkeit von ihm wird die siegreiche Waffe sein, mit der Assane sich (fast) ungestört in seiner Forschung bewegen und seine Rache üben wird.

Wenn Sie andererseits bereits die 5 Folgen von Lupin auf Netflix gesehen haben und ein bisschen trocken im Mund geblieben sind (Spoiler, ja, Lupin endet nicht und lässt unerwartet alle mit angehaltenem Atem zurück), in der nächsten Seiten Ich werde Ihnen einige Kuriositäten erzählen.

STAFFEL 2

Das Warten auf Fans des neuen Lupin dauert nicht lange. Am 28. Januar gab Omar Sy mit einem ironischen Tweet im vollen Stil des Charakters auf seinem persönlichen Profil das Erscheinungsdatum des zweiten Teils bekannt.

"Das Datum von Lupin Teil 2 war von Anfang an vor dir. Oder besser gesagt, es war in meinem Banner ... Du hast es gesehen, aber du hast es nicht angeschaut."

Wenn Sie auf das Titelbild des Twitter-Profils des Schauspielers (@OmarSy) klicken, wird das unter seinem Foto verborgene Datum angezeigt: Sommer 2021.

Er erwartet nichts anderes, als die Tage zu zählen, die auf die warme Jahreszeit warten.

Der erste Teil von Lupin mit dem Titel "Dans l'ombre d'Arsène" endet damit, dass alle Spiele offen bleiben und die Inschrift auf einem schwarzen Hintergrund lautet: "Es ist offiziell, ein weiterer Teil kommt. Die Frage ist, wann wir können." siehe Lupin 2? Vor Netflix blieben die Münder genäht. Zumindest bis zum 28. Januar, als die Veröffentlichung von Teil 2 für den Sommer 2021 über soziale Medien angekündigt wurde.

Lange vor der mit Spannung erwarteten Ankündigung verbreiteten sich die Vermutungen im Internet. Die US-Zeitung Newsweek hatte die Veröffentlichung des zweiten Teils zwischen April und Juli 2021 vermutet. Andere haben jedoch bis Ende 2021 gewettet. Alle Hypothesen basieren auf dem Präzedenzfall des erfolgreichen Dokumentarfilms Unsolved Mysteries, der auf Netflix in zwei Teilen ausgestrahlt wird: dem Erstveröffentlichung im Juli 2020, zweite im Oktober 2020. Sie hatten Recht.

Eine kleine Vorschau gab jedoch Lupins Showrunner George Kay, der im Gespräch mit Variety sagte: "Die 10 Folgen wurden als" Ursprung dafür gebaut, wie Assane hierher kam. Dies ist also das erste Kapitel einer größeren Show. "Fast um darauf hinzuweisen, dass wir nicht nur Teil 2 sehen werden, sondern auch andere neue Staffeln. Dass dies der Beginn einer neuen Saga ist, die dem Gentleman-Dieb gewidmet ist? Wir werden sehen.

Einer der Bereiche, auf die sich die Fernsehserie bezieht, ist die Beziehung zwischen Vater und Sohn. Lupins Buch ist nicht nur Unterhaltung, es ist eine direkte

Verbindung zwischen Assane und seinem Vater Babakar. Eine positive Erinnerung an die Vergangenheit, ein Trost, ein Schlüssel zum Lesen der Gegenwart. Aber Arsène Lupin gab Assane auch einen Moralkodex: Assane ist ein Dieb, ein Betrüger, aber in der Art von Robin Hood. Stehlen Sie von denen, die Unrecht getan haben, und rächen Sie sich an denen, die Unrecht getan haben.

Assane ist auch Vater. Er hat einen Sohn, der kurz vor dem

14. Geburtstag steht, und obwohl er alles über das Eingreifen in die kriminelle Unterwelt, Verkleidungen und geniale Pläne gelernt hat, fällt es ihm immer noch schwer, sich in die Lage der Eltern zu versetzen. Weil er das Gewicht kennt, das diese Rolle mit sich bringt. Wenn es um ihre Familie geht, sagte Sy: „Sie kann ihre Gefühle nicht verbergen. es kann nicht jemand anderes sein; kann nicht spielen. ""

Obwohl er deshalb versucht, das Doppelleben völlig getrennt

zu halten - das eines Diebes auf der Suche nach Antworten und eines Familienvaters -, beschließt er, seinem Sohn einen Roman von Lupin zu geben. Eine Möglichkeit, eine Bindung zu ihm aufzubauen, so wie es sein Vater vor ihm getan hat.

"Das Buch selbst als Objekt stammt von seinem Vater. Wenn er es seinem Sohn gibt, wird er Vater", sagt Sy. „Er öffnet seinem Sohn eine Welt und teilt mit Sicherheit etwas Wissen, denn was es bedeutet, Vater zu sein, ist, Ihren Kindern beizubringen, was Sie wissen. Das, was er am meisten weiß, ist Lupin, also er will seinen Sohn unterrichten. "

Aber wie wird er das Verschwinden seines Sohnes in Lupin 2 schaffen? Kay sagt, Assane muss lernen, auf neue Weise mit ihren Problemen umzugehen. „Ihr Sohn ist in Gefahr und muss mit seinen Instinkten arbeiten, und das hat er nie“, erklärt sie. "Für mich wird es eine Möglichkeit sein, Vater zu werden."

Assane wird im nächsten Teil reflektierter sein.

Durch die Arbeit an Lupin konnte Omar Sy die Arsène Lupin-Romane von Maurice Leblanc aufgreifen und reflektieren, die er bereits als Kind gelesen hatte.

"Lupin ist so französisch, dass man nicht in Frankreich aufwachsen kann und nicht weiß, wer Arsène Lupin ist", erzählt Sy Variety. Zwischen Büchern, Shows und charakterbasiertem Manga wuchs Sy mit einem großen Bewusstsein dafür auf, wer Arsène Lupin war, gesteht aber, "um ehrlich zu sein, ich war kein Fan".

Erst als sie ihre neue Serie recherchierte und alles über die ursprüngliche Figur und Leblanc las, sagte Sy, sie habe ein neues Verständnis sowohl der Figur als auch des Schriftstellers gewonnen.

LEBLANC MUSEUM

Maurice Leblanc lebte den größten Teil seines Lebens in

Etretat, einer der berühmtesten Küstenstädte der Normandie. Er verließ es 1939 während der nationalsozialistischen Besatzung, um im Süden in Perpignan Zuflucht zu suchen, wo er 1941 starb. 2021 jährt sich sein Todestag zum 80. Mal.

Heute ist Maurice Leblancs Haus ein Museum, Clos Lupin, das das Leben des Schriftstellers und seiner berühmtesten Figur feiert. Ganz originell: Die Führungen sind in der Tat eine Einladung, das Rätsel der Aiguille Creuse, eines der bekanntesten Romane von Leblanc, zu lösen.

Hier will Assane in der Fernsehserie seinen Sohn mitbringen und seinen Geburtstag mit ihm feiern. Was zufällig am 11. Dezember fällt, am selben Tag wie die Geburt des geliebten Schriftstellers.

ETRAT

Nach dem Buch Aiguille Creuse verbirgt der Turm, der die Klippen von Etretat deutlich kennzeichnet, eine reiche Beute:

Es ist der Schatz der Könige von Frankreich, bestehend aus Perlen, Rubinen, Juwelen und jedem Wunder.

In dem Roman inszeniert Lupin seinen Tod, um gemeinsam mit Graf Gesvres 'Nichte das Geheimnis des Turmes zu lüften. In Wirklichkeit sagen heute viele Lupinenfans, sogenannte Lupinisten, dass sie von der Existenz eines Geheimgangs irgendwo entlang der Küste überzeugt sind. Wer es findet, kann zum Turmschatz gelangen. Viel Spaß beim Jagen, wenn Sie Ihr Glück versuchen wollen!

Etretat ist einer der Orte, an denen die Netflix-TV-Serie Lupin spielt. Bereits im Trailer sind die prächtigen weißen Klippen in der fünften Folge zu sehen, als Assane und seine Familie sich auf den Weg nach Le Havre und zu den Orten von Maurice Leblanc machen.

Der endlose Strand, die windgepeitschte Promenade und natürlich die malerischen Klippen, die nicht nur die Protagonisten von Lupins Fernsehserien und Büchern sind, sind eingerahmt. Weiße Felsen mit Blick auf das Meer, die imposante Falesia d'Aval, die Falesia d'Amont, auf deren Spitze eine kleine Kapelle (Notre-Dame de la Garde) zu Fuß zu erreichen ist, und schließlich die monumentale Manneporte mit Der Bogen in der Mitte: Die Natur in diesen Teilen bietet ein unvergleichliches Spektakel.

Der Ort ist so spektakulär und magisch, dass er auch von Künstlern wie Monet gemalt wurde, die ihm je nach Tageszeit mehrere Versionen gaben, und dann Boudin, Courbet, Corot, Delacroix, Matisse.

Aber auch der Musiker Offenbach und der Schriftsteller Guy de Maupassant, beide Besitzer eines Ferienhauses in Etretat, kamen hierher.

Von den Jardins d'Étretat auf der Falaise d'Amont genießen Sie einen schönen Blick auf die

Aiguille Creuse und die Klippen. Dank der Intervention des Landschaftsarchitekten Alexandre Grivko wurden sie 2016 mit Wegen, Pflanzenskulpturen und Kunstinstallationen angereichert und gewannen 2019 den European Garden Award (erstellt vom European Garden Heritage Network) in der Kategorie "Beste Restaurierung oder Verbesserung eines historischer Park oder Garten ".

Auf der Tour entdecken Sie den Impressions Jardin mit seinem berühmten Panoramablick auf den Ärmelkanal und die Klippen: Hier kamen Maler, um die Natur zu bewundern und sich für ihre Gemälde inspirieren zu lassen.

Aber sicherlich neugieriger ist der Jardin Émotions. Als Marie Antoinette hier ankam, stellte sich heraus, dass sie in der Vergangenheit am Fuße der Klippe, auf der der Garten steht, im Wasser des Kanals die erste französische Austernfarm angelegt hatte. Die Pflanzen erinnern an Meereslebewesen und den Lebensraum von Weichtieren, während die Gesichter, die unterschiedliche Emotionen ausdrücken, die unterschiedlichen "Zustände" der Unterwasserwelt und ihrer Fauna symbolisieren.

HISTORISCHE REFERENZEN

Über Königin Marie Antoinette und ihre Halskette. In der TV-Serie ist Lupin der Protagonist zweier Diebstähle. Der erste, dessen Vater zu Unrecht Assane Diops Vater zu Unrecht beschuldigt wird, der zweite, den der "neue" Lupin erzielt hat.

Aber erinnerst du dich daran, dass diese Kette bereits Geschichte geschrieben hat? Wir sprechen von der "Affäre der Halskette", die einige Historiker als den Funken bezeichnen, der die Revolution ausgelöst hat. Ein Betrug, den die Gräfin Jeanne de Saint-Remy de

Valois gegen Königin Marie Antoinette und den Kardinal von Rohan (nicht mehr zugunsten des Königs) begangen hatte und der in den 1880er Jahren stattfand.

Die Geschichte begann einige Jahre zuvor, als Ludwig XV. Den deutschen Juwelieren von Paris, Charles-Auguste Böhmer und Paul Bassenge, eine fabelhafte Diamantkette für seine Favoritin Jeanne du Barry in Auftrag gab.

Der König stirbt jedoch vor der

Lieferung. Ihm folgt sein Neffe Ludwig XVI. Mit seiner Frau Marie Antoinette, die die Halskette nicht kauft. Hier übernimmt Jeanne de Volois. Von adeliger Geburt, aber in Ungnade gefallen, will sie mit ihrem Ehemann Gendarm Nicolas de la Motte einen Platz am Hof zurückgewinnen. Sie gibt sich als Marie Antoinettes intime Beraterin aus und zieht die Aufmerksamkeit des Kardinals von Rohan auf sich, mit dem sie einen engen Briefwechsel beginnt und sich als Königin ausgibt. Der Ton der Buchstaben wird immer hitziger und romantischer, so dass der Kardinal davon überzeugt ist, dass er eine liebevolle Beziehung zu Marie Antoinette hat. Jeanne bittet ihn um Geld "für wohltätige Zwecke" und bittet ihn, als Vermittler der Königin für den Kauf in Raten der prächtigen Halskette zu fungieren.

Was der Kardinal dann an de Valois übergibt. La Motte zerlegt das Juwel bald, um die Edelsteine leichter weiterverkaufen zu können, aber etwas geht schief.

Bohmer und Bassenge bitten um Zahlung, aber angesichts der Verzögerungen bitten sie um eine Audienz bei der Königin: Die Täuschung wird entdeckt. Die Gräfin von Valois und der Kardinal (später für unschuldig befunden) werden festgenommen und in der Bastille eingesperrt. Aber einige Historiker vermuten, dass die Königin der Affäre tatsächlich gar nicht so fremd war. Wahrscheinlich war er sich der Machenschaften bewusst und nutzte den Plan der Gräfin von Valois, um den verhassten Kardinal loszuwerden.

PARIS

Ein weiterer Standort von Lupin ist Paris, das uns in seiner ganzen romantischen Pracht erscheint. Die Aussicht auf den Eiffelturm bei Sonnenuntergang, die Dächer der Häuser (Protagonisten einer gewagten Flucht aus Assane) und den Fußgänger- und Holzpont des Arts, der das Institut de France mit dem Louvre verbindet. Hier gibt Assane seinem Sohn Raoul das Buch Lupin.

Und dann der Louvre bei Nacht, so beeindruckend. Das Museum wurde als Schauplatz der ersten Folge ausgewählt und ist Schauplatz der Auktion und des Diebstahls von Marie Antoinettes Halskette. In der Wüste stellen Sie sich bei schwachem Licht sofort vor, wie Sie im Cour Napoléon spazieren gehen und die Glas- und Stahlpyramide von Ieoh Ming Pei in der Nacht leuchtet.

Laut Variety hatten die Besetzung und die Crew viel Zeit, um herumzuwandern, das Kunstwerk zu bewundern und die Aufnahmen zu studieren, als Netflix die Sequenz seiner ersten Raubüberfall-Episode über Nacht im Louvre drehte.

Schauspieler Omar Sy war sogar fast 20 Minuten lang mit der Mona Lisa allein. Es war eine Erfahrung, die ihm eine neue Wertschätzung für einen Ort gab, den er zuvor als Kind auf einer Schulreise besucht hatte und den er "nie vergessen" wird.

Und zu denken, dass im

Dezember 2020 ein anonymer Besucher 80.000 Dollar für eine enge Begegnung mit der Mona Lisa bezahlt hat.

Die Ankündigung des Engagements von Omar Sy als Hauptdarsteller des neuen Lupin erfolgte - im Stil der Social-Media-Kommunikation von Netflix auf eher sympathische Weise.

Auf dem Twitter-Profil von Netflix France wird am 19. Juli 2018 eine Nachricht an Omar Sy angezeigt. Kein Text, nur Emoticons: ein Gruß, ein schwarzer Gentleman, ein Zylinder (ein klarer Hinweis auf Leblancs Gentleman-Dieb, in der Ikonographie mit Hut und Monokel dargestellt) und eine Filmkamera.

Dann die Übersetzung: "Hallo, möchten Sie Arsène Lupin in einer Netflix-TV-Serie spielen?"

ALLGEMEINE UNTER-SCHIEDE

Es gibt eine ganze Generation, die wahrscheinlich in dem Glauben aufgewachsen ist, dass

Lupin das Aussehen eines jungen Mannes mit einer Krawatte hat, die einen Käfer aus dem Monkey Punch Manga treibt, der später zu einem berühmten Anime wurde. Aber das ist Lupin III. Und der ursprüngliche Charakter, der 1905 vom französischen Schriftsteller Maurice Leblanc geschaffen wurde, hatte völlig andere Merkmale: Schlank und elegant, gekennzeichnet durch Tuba und Monokel, war der Gentlement Cabrioler, der Gentleman-Dieb der Ursprünge, ein Bourgeois mit Anarchie Ideen des Tages und ein sehr geschickter Verbrecher bei Nacht. Der Erfolg einer solchen literarischen Figur war so groß, dass sie in 18 Romanen, 39 Kurzgeschichten und 5 Stücken erschien, die Leblanc vor seinem Tod 1945 geschrieben hatte, sowie in unzähligen nachfolgenden Ehrungen und Anpassungen. Die neue französische Originalproduktion Lupin, die seit dem 8. Januar auf Netflix auf der Plattform veröffentlicht wurde, greift den Charakter ebenfalls auf, indem sie ihn modernisiert, aber dennoch einen genialen Weg findet, der ursprünglichen literarischen Matrix treu zu bleiben.

Was jedoch auffällt und diese Adaption im Vergleich zu den unzähligen Versionen, die wir in den letzten Jahren gesehen haben, originell macht, ist die leidenschaftslose Liebe zu Leblancs Büchern, die die Geschichte und ihre Wendungen mit großer Intelligenz und Natürlichkeit innervieren: nicht nur viele Elemente der Die Handlung ist eindeutig (und offen) von verschiedenen literarischen Werken über Lupin inspiriert, aber die gesamte Serie verwendet Romane als grundlegendes Werkzeug und scheint wie ein Spiegel aufgebaut zu sein, der uns auf der einen Seite an die von Sy gespielte Figur und auf der anderen Seite an die erinnert seine literarische Vorgeschichte.

Anagramme, Rätsel, codierte Codes, Zufälle und sogar die Einstellungen (von einem immer bezaubernden Paris bis zur Küstenlandschaft von Étretat in der Normandie, einem echten Wallfahrtsort für Leblanchianer): Alles zielt darauf ab, der Matrix den richtigen Tribut zu zollen literarisch.

Wenn also der Manga einerseits wenig auf dem Buch basiert, orientiert sich die Serie vor allem daran, abgesehen von der Körperlichkeit des Charakters.

SCHWARZE LEBEN ZÄHLEN

Nach der Ankündigung in den sozialen Medien mangelte es nicht an (hasserfüllter) Kritik an der Entscheidung, einen schwarzen Schauspieler einen

Charakter interpretieren zu lassen, der so eng mit der französischen Literatur verbunden ist. Geboren in der Belle Époque in Frankreich und stilisiert in den ästhetischen Kanonen eines dünnen, weißen Mannes, selbst von populären japanischen Animes, konnten viele diesen Perspektivwechsel nicht akzeptieren. Zu den Argumenten zählen die Verbreitung kultureller Aneignungsprozesse, die historische Falschheit und die vorherrschende politische Korrektheit.

Als Leblanc zu Beginn des 20. Jahrhunderts seinem Charakter Leben einhauchte, war die französische Gesellschaft anders und konnte sich kaum einen schwarzen Protagonisten vorstellen. Aber können wir wirklich sagen, dass ein Schauspieler wie Omar Sy heute nicht das zeitgenössische Frankreich repräsentiert? Vielmehr werden die Qualitäten des Dolmetschers in Bezug auf die Rolle beurteilt.

Die Kritik scheint jedoch

nachgelassen zu haben, sobald wir die TV-Serie gesehen haben. Zum Teil, weil Omar weder einen Zylinder noch ein Monokel trägt und Assane nicht Arsène ist.
Kunstvoll, weil die TV-Serie eine sehr unterhaltsame Show bietet, die eine Figur und einen Schauspieler auf die Leinwand bringt, die geschickt einem Mythos der Literatur huldigen.

Wie Luc Le Vaillant in seiner Befreiungskritik schreibt, war er von der Wahl fasziniert, als ich erfuhr, dass Omar Sy, geboren in Trappes in einer senegalesischen Familie, "der Prinz der Flucht in einer noch sehr weißen Belle Époque" werden würde . Ergebnis? "Die Wette [der TV-Serie] ist ziemlich erfolgreich, auch wenn es sich eher um eine sehr deutliche Umsetzung als um eine Reinkarnation handelt. Das Interessante ist, dass Omar Sy sich wirklich mit Arsène Lupin zu identifizieren scheint.

Lupin ist ein frecher und charmanter Held, ein romantischer Bandit, der den Reichen und

Berühmten, die er gerne täuscht, illegale Gewinne stiehlt. Cousin von d'Artagnan, Cartiglio oder Rocambole bringt Lebendigkeit und Leichtigkeit, Fröhlichkeit und Erfindungsreichtum, Witze und Theatralik mit. All die Eigenschaften, mit denen sich die Menschen in diesem alten Land gerne rühmen. ""

Omar Sy, der leider nicht neu in rassistischen Kommentaren ist, setzt sich für die Bekämpfung von Diskriminierung und Gewalt ein. Als er sich den #

Blacklivesmatter-Märschen anschloss, um den Tod von George Floyd während seiner Verhaftung durch die Polizei in Minneapolis zu melden, war er auch die erste Persönlichkeit des öffentlichen Lebens, die seine Unterstützung für die Familie von Adama Traoré zeigte, einem jungen 24-Jährigen, der unklar starb Umstände.

Das Warten auf den Sommer und den zweiten Teil unserer "Mysterious Travel" endet hier. Ich hoffe, Sie haben sich amüsiert und sich in den Gentleman-Dieb eingelebt, aber denken Sie daran, dass Sie im wirklichen Leben sind und nicht albern sind.

„Du hast mich unterschätzt. Du hast mich nicht angesehen. Du hast mich gesehen, aber du hast nicht wirklich hingeschaut."

ÜBER DEN AUTOR:

Mein Name ist Rob Barbot, ich bin 23 Jahre alt und ich bin Karikaturist und Illustrator. Im Alter von 16 Jahren war ich in meiner Freizeit Animator für jüngere Kinder und wir haben es genossen, beim Spielen Comics zu lesen. Von da an begeisterte ich mich für Manga und Anime und schaute häufig Lupin, der für mich immer ein Meisterwerk bleiben wird. Also beschloss ich, seine Abenteuer zu schreiben und zu erzählen, damit sich sowohl Kinder als auch Erwachsene wieder in den Cartoon verlieben können, der uns alle zum Träumen brachte.

Printed in Germany
by Amazon Distribution
GmbH, Leipzig

25329615R00109